Los buenos modales de Dora

por Christine Ricci
ilustrado por Susan Hall

Simon & Schuster Libros para niños/Nick Jr.
Nueva York   Londres   Toronto   Sydney

Basado en la serie de televisión *Dora la exploradora*™ que se presenta en Nick Jr.®

SIMON & SCHUSTER LIBROS PARA NIÑOS
Publicado bajo el sello editorial de la División Infantil de Simon & Schuster
1230 Avenue of the Americas, New York, New York 10020
Copyright © 2004 Viacom International Inc. Traducción © 2005 por Viacom International Inc. Todos los
derechos reservados. NICKELODEON, NICK JR., *Dora la exploradora* y todos los títulos, logotipos y
personajes son marcas registradas de Viacom International Inc. Todos los derechos reservados, incluido
el derecho a la reproducción total o parcial en cualquier formato.
SIMON & SCHUSTER LIBROS PARA NIÑOS y el colofón son marcas registradas de Simon & Schuster, Inc.
Publicado originalmente en inglés en 2004 con el título *Dora's Book of Manners* por Simon Spotlight,
bajo el sello editorial de la División Infantil de Simon & Schuster.
Traducción de Argentina Palacios Ziegler
Fabricado en los Estados Unidos de América
Primera edición en lengua española, 2005
10 9 8 7 6 5 4 3
ISBN 1-4169-0069-1

Un día soleado, Dora y Boots jugaban a las escondidas en el jardín florido.

—¡Te encontré!— gritó Dora mientras señalaba hacia el árbol.

—¡Te alcancé!— dijo Boots con una risita.

De pronto Dora se detuvo a escuchar. —¡Ay, no! Me parece que oigo a alguien llorando.

Dora y Boots siguieron el sonido hasta que
encontraron al Grumpy Old Troll, muy lloroso.
—¡Hola, Mr. Troll!— dijo Dora. —¿Qué le pasa?

—Yo estaba de muy mal humor esta mañana, tan malhumorado que cuando mi amigo, Mouse, vino para jugar, le dije que se largara— dijo el Troll. —Pero ahora estoy triste. No me porté muy cordial con Mouse y creo que él está resentido conmigo. ¿Me pueden ayudar ustedes a salvar la amistad de mi buen amigo?

—Nosotros le podemos ayudar, Mr. Troll— contestó Dora.

—¡Fantástico!— dijo el Troll. —Yo sé unas cuantas adivinanzas que se refieren a ser cordial. ¿Me ayudan a contestarlas?

—¡Claro que sí! ¡A nosotros nos encantan las adivinanzas!— exclamó Boots.

—Bueno, pues, ahí va mi primera adivinanza— dijo el Troll.

—No fue nada bueno estar malhumorado con Mouse. Me porté muy mal. ¿Qué es lo más cordial que puedo decir para que mi amigo no esté enojado?

—¡Qué buena idea! ¡Voy a decirle a Mouse que lo siento mucho!— gritó el Grumpy Old Troll. —Pero no sé dónde está Mouse— dijo tristemente.

—Podemos buscar en Map— dijo Dora. —Di "¡Map!"

—Yo sé cómo encontrar a Mouse— dijo Map. —Mouse corrió y corrió hasta llegar a su casa. Tienen que cruzar el lago de las serpientes estornudadoras, luego pasar por la montaña de los dragones y así es como van a llegar a la casa de Mouse.

Poco después, Dora, Boots y el Troll llegaron a la orilla del lago de las serpientes estornudadoras.

—¿Cómo vamos a cruzar el lago?— se preguntó Boots.

De pronto el Troll dijo:

—¡Miren! ¡Es Tico! Viene para acá. Pero, ¿cómo lo voy a saludar? ¿Qué es lo más cordial que le puedo decir?

—¡Hola! *Hello,* Tico!— lo saludó el Troll con la mano.
Tico ofreció llevar a Dora, a Boots y al Troll en su velero
para cruzar el lago de las serpientes estornudadoras.

Todos se pusieron los chalecos salvavidas y montaron el velero. De pronto, ¡las serpientes estornudadoras sacaron la cabeza por aquí y por allá!

—¡Achiiis! ¡Achiiis!— estornudaron las serpientes.

—¡Ay, no!— dijo el Troll. —Toda esa estornudadera me hace cosquillas en la nariz. Creo que voy a estornudar.

—*Sin duda necesito más consejos. Cuando tengo que estornudar, ¿qué tengo que hacer?*

El velero de Tico esquivó todas las serpientes estornudadoras.

Cuando llegaron al muelle, Dora, Boots y el Troll saltaron del velero.

El Troll dijo:

—¡Tico nos ayudó a cruzar el lago rapidito rapidito! ¿Cómo le decimos que se lo agradecemos?

Thank you, Tico!— dijo el Troll.
You're welcome!— contestó Tico mientras se alejaba en su velero.

—¿Adónde vamos ahora?— preguntó Boots.

—¡Ya sé!— dijo el Troll. —Tenemos que pasar la montaña de los dragones.

—¿Ven algo que nos pueda pasar al otro lado de la montaña de los dragones?— preguntó Boots.

El Troll vio un camión de helados por el camino.

—¡Miren! Nuestra amiga Val la pulpo viene manejando el camión de helados. Apuesto a que nos lleva al otro lado de la montaña de los dragones— dijo Dora.

—Yo me acuerdo de lo que debo hacer— dijo el Troll y luego dijo en voz alta: *Hello!* ¡Hola, Val!

Val paró el camión de helados y entonces todos se montaron.

Cuando llegaron a la cumbre de la montaña de los dragones, de pronto aparecieron los dragones y bloquearon el camino.

—¡Quítense de allí!— gritó el Troll.

Pero los dragones no se movieron ni lo más mínimo.

—Mmmm— dijo el Troll.

—*Gritar no asusta a los dragones. Si quiero que se quiten, ¿qué es lo más cordial que les puedo decir?*

Por favor, dragones, ¿se pueden quitar del camino?— dijo el Troll.

—¡Lo sentimos mucho!— contestaron los dragones. —No tuvimos la intención de bloquear el camino. ¡Sólo queríamos helados! ¿Por favor? *Please?*

—¡Por supuesto!— dijo Val y le dio un cono de helado a cada uno.

De repente oyeron un crujido por arriba.

—¡Miren, es Swiper! ¡Va a intentar llevarse nuestros helados— dijo Boots.

—Tenemos que detener a Swiper— dijo Dora. —Di "¡Swiper, no te lo lleves!"

—¡Chiiispas!— dijo Swiper cuando se alejaba.

—Mmmm— dijo el Troll —acabo de aprender algo:

—Llevarse las cosas no es nada cordial. Si Swiper lo pidiera cordialmente, ¡también tendría su helado!

Poco después, Dora, Boots y el Troll llegaron a la casa de Mouse. El Troll tocó a la puerta.

—Mouse, ven acá, por favor. Quiero pedirte disculpas— dijo el Troll.

Mouse abrió la puerta y el Troll le dijo: —Siento mucho que estuve malhumorado. No fui cordial contigo. ¿Me perdonas? ¿Por favor? *Please?*

Mouse se alegró tanto de ver al Troll que le dijo: —¡Sí! ¡Te perdono!

—¡Gracias! *Thank you!*— dijo el Troll.

—¡Viva, viva!— exclamaron Dora y Boots. ¡Mouse y el Troll siguen siendo amigos! ¡Lo logramos!

¡El Troll estaba muy contento jugando con sus amigos! Bailando muy alegremente dijo:

—Aprendí muchas cosas durante este viaje.
Uno tiene que ser cordial si quiere amistad.
Los amigos son útiles y cariñosos y hacen todo lo que pueden.
Por eso voy a ser cordial y cortés—¡al menos por hoy!